歌集

是非に及ばず

金子阿岐夫

現代短歌社

目次

是非に及ばず

平成十九年

九十首

この年に何を望まむ盈ちみちて清けき月に心うごくを

新しき年を迎へて気負ふともはや青年の心（こころ）力（ぢから）なし

この国を憂へてゐしが野良猫に餌を与へて一
日終りぬ

やうやくと否いよいよと言ふべきか庁が省と
なる五十年経て

日本語は痩せ衰へぬゆくゆくは滅ぶるらむか
短歌も国も

思ひの外間近に白き富士が見ゆ大宮あたり朝
闌くるころ

将門の軍敗れしは何故か読書半ばに東京に着
きぬ

方向感失ひて銀座の裏通りビルのジャングル
の中をうろうろ

賀状にはすこやかとありし従弟死せり気の置
けぬ余生に入りしばかりの　　一月十三日　矢作健一君死す

初七日の汝を悼むと越えてゆくふぶきに霞む
猿羽根峠を

一月の月きよらかに照る下を歩めども歩めど
も心なぐさまず

そのまんま東の当選は快し所謂政治家官僚らは如何に

ひさびさに雪はつもりぬ窓に白く張りつくまでに一夜吹雪(ふぶ)きて

背の皮膚肌理(きめ)の荒きは人類の四足歩行の名残りなるべし

背の皮膚の知覚神経は疎らなりと学びきなぜか不思議を覚えき

昼近く健診終へぬ晴れわたる二月の空に蔵王いつくし

犬引きて川べの道を行き行くに蕗の薹を見ず摘まれたるらし

今朝見たりいついつとわが待ちてゐし雪の小鈴の青き芽二つ

淡(あは)々と雪のつもれる朝庭に翁草の芽の雪を払へり

うららに照る日を見上げ老犬はくさめ一つして歩き出だしぬ

わが庭に翁草の芽の萌え出でて日々暖かく二月過ぎむとす

みなもとは雪解の雨か街川の水はみてゐるうちに濁れり

茂吉忌けふ申し分なき茂吉晴れ蔵王連峰かがやきわたる

大道芸人でもあるまいに都知事選挙候補者の
このパフォーマンスは

昨日今日空こめて降るこの黄砂が含むものは
何われは戦く

境なき空をわたりてウイルスが黄砂が襲ふミ
サイルはいかに

空と海もゆたけき国を傷(やぶ)りやまず文明の進歩
とみなが言ふもの

帰りきて黄砂まみれの車洗ひ洗ひつつ思ふ地
球はひとつと

おだやかに黄砂の空にのぼる月の暗赤色の影
をかなしむ

昼すぎに車庫の前にきて野良猫はわが帰りを
待つ八時ごろまで

雷ののち雨降りつづく夜となればこぶしの花
は散りか過ぎなむ

田打ちされし土すれすれにひるがへる燕一つ
ゐてうれしくなりぬ

山川の激つ瀬波に触れむばかり燕らのとぶ曇りおだしく

臍ピアス光る処女を健診しその後しばらく心こだはる

若葉せる楢の高木をつつむごと藤咲けりその雨後のむらさき

藤の咲く山べの道を急ぎしが父の臨終（いまは）に間に合はざりき

この沼に相見し人のはやく亡く著莪の花さへ消え失せてゐつ

五月風吹く沼の上に雪のこる山より鷹がくだり来りぬ

皚々たる飯豊に向かふ狭間路はうつぎと藤の
花が真盛り

葉桜の陰濃くなりし下をゆく蛇苺の赤き実な
ども見つつ

犬を抱き納戸にひそめど収まらず犬の震へも
とどろく雷も

雪のこる山の方より吹く風に沼の皺波きらめき止まず

木に草にのこれる繭のとりどりに虫のかそけき生きのいとなみ

あやめ咲く水際をゆけば足元に犬を驚かす牛蛙の声

この夏もまたアメシロは梣（とねりこ）の高く届かぬ枝を侵せり

軒下に出で入る燕に健診する合間合間の心休らふ

猫去るやいなや残ししその餌に蒼蠅が寄る此の小世界

生きとし生けるものみないとほしと思ふ時あ
りこの身は老いて

文字摺の花を摘まむか野となりし医院の跡の
土に植うべく

健診すと山ふところの村に来て青すがすがし
梅雨の降る朝

都草咲く野の道を歩みゆく老犬とわれととも
に気儘に

のぞみ通り自民党は敗れしがわが心足るとい
ふにもあらず

高齢者運転講習は昼食抜きコースに真夏の日
が照り反る

夏の夜の浅き眠りの中にして快き音と雨を聞きゐき

夏空を雷わたるらし雑音が車のラジオにしきりに入る

吾妻山に立つ夏雲はくれなゐに夕の日に映ゆ長く褪するなく

盆を過ぎ心静けき日々にして白さるすべり二枝咲きぬ

雨過ぎてすずしき宵の五日月秋と思ふその白きかがやき

眉うすくなりぬとさびしき事を言ふ媼とならび顔剃られをり

真夏日の桜の青葉きらきらし窓より見つつ一
日こもれり

朝庭に彼岸花咲きまた一つ諦めねばならぬも
のに気付きぬ

ほとんどの老女は腰が曲がりをりここは朝日
岳登山口の村

先天性弁膜症の老多し山懐に狭く世を襲ぎて来し

深き峡の村の老らの受診数この秋は十人ばかり減りゐつ

鳥の影一つだになき刈田にして流るる朝の光さやけし

村一つの健診を終へ刈り残る棚田の稔りに心
解けたり

谷汲のみ寺こほしもこの秋も金木犀の咲きて
かをれば

群れ咲けば咲くほどさびしきコスモスを金山
画伯画にとどめたり

朝靄にけぶる刈田の野をよぎる新幹線「つばさ」速度感なく

身の老は避くべくもなく犬と我と昼は分け合ふ肉百グラム

鰻すらあぶら濃すぐと嘆きしは六十五歳はやく老いましき

若くして二人歩みきただ歩みき支倉通り木枯
しの夜を

日本海の秋が見たくて朝霧のまつはる山を越
えつつぞをり

秋山にすこし末枯れの見ゆるころ県境の分水
嶺越ゆ

二三人てんから漁する川の上を中鷺が飛ぶあざやかに白く

種川と称ぶさへ素朴なる感じしてこの国人ら鮭を養ふ

種川に回帰する鮭の影もなく水底はけふ雨に濁れり

種川の鴨らがなぜか一斉にはばたきて岸の茂
みにかくれぬ

この川に命を継がむ営みの終ふれば果つる鮭
の運命（さだめ）は

村上に鮭の雌雄を知りしかど芭蕉の跡はつひ
に見ざりき

村上に二夜やどりて蕉翁の暑湿の労はうすらぎにけむ

何見むとはるばる来しや岩船の秋の雨降るねずみ色の海

港口より波止場まで真直ぐ走り来し白き船の舳意外に高し

蕉翁の句碑を見るなく岩船の社に仰ぐ欅黄葉を

雨の杜のなかに山茶花のひと木ありここに光ありと花を飾りて

十二月八日のけふを誰ひとり言ひ出づるなく歌会終へむとす

アララギの終刊よりはや十年か我によき事のありたりや否

満たされぬ心の果の放埓と庇ふがごとくもつともらしく

犯罪をストレスの所為にする刎れみんな堪へて生きてゐるのに

みづからを欺きし悔も甘美さの影さすまでに
年ふりにけり

平成二十年

百二十一首

コンピューターの零か一かの単純さわれに残る日々はかくもありたし

早口に声高に身振りは大仰に古典落語も様変りせり

単純化すなはち臥床と詠みにしを慕ひつつをり吹雪くひと日を

雲黒く龍がひそむと見ゆるまで荒々し間なく吹雪かむとして

照りかげりかげりかげれば吹雪く一日の過ぎむと炬燵に夕日差しきぬ

さいはひに視力の残る右眼もて犬が先に立ちわれを引張る

老犬には白光としか見えぬらし雪原を前に踵返しぬ

手にとりて思はず知らず産地など確かめゐたりわびしからずや

三神峯にありし少年のわが日々が支へとなりて長く生き来し

芭蕉の辻その殷賑も焼亡もなほありありと思ひ出づるを

居酒屋にテールスープをたのしみきひと日を終へて遅き夜食に

五十年の時を隔てて仙台の街をゆかむかもは
や旅人

チベットは西蔵族にと言ふは易し沖縄は今も
米軍の基地　三月二十二日　入院

西蔵をあはれと思ふ五十余年中国の理不尽な
仕打ち受け来し

二十四時間点滴四日目チベットに心は痛む窓
の空見つつ

早春の雪の葉山は日もすがら輝きわたる雲の
影もなく

国道にとどこほる車それぞれに春の夕日の光
反射す

世事はみな諦めて生きむ犬は老いて仙に近づくわれより先に

里山の斑雪もかすみ見えぬまでやさしく春の雨降りつづく

たちまちに病み衰へてわれながら平たくうすし老の寝姿

土起こし終へし畑は降る雨の沁みてうるほふ
黒々として

ビニールをぶだう畑に張る作業を見下ろして
をり点滴受けつつ

三月の末に朝よりこまかなる雪降り止まず野
山おぼろに

ひとしきり片（ひら）大き雪に変りしが積ることなく
細かくなりぬ

国道の車の渋滞を見下ろしに一日病み伏す酸
素吸ひつつ

うつそみの病めば人並にわれもする老のかな
しみ老のあきらめ

心不全原因不明現実は簡明にして起座呼吸しをり

山の上のこごる雪雲つぎつぎにほぐれて春の空に流るる

三月の空の高処に浮雲のみるみる薄くなりて消えたり

心カテーテル検査受けむとす弟の若き命を絶
ちし検査を

カテーテルの尖端は肺動脈に入らむと微妙に
ねぢれ曲りはじめぬ

二度三度ためらふごとく進退しカテーテルは
入りぬ肺動脈に

冠動脈のところどころはぎこちなし年相応の
ことと言はれたり
心筋に虚血無けれど収縮する力は弱しわづか
三割
五年内に半ば死すとも八十を越えしこの身に
何の意味ありや

残雪の光る山並をはなれたる雲は見る間に青
空に消ゆ

口上は病気見舞と聞きしかど眼は好奇心にき
らきらしてゐる

世間並の見舞など要らぬ心こもる一首の歌を
われは尊ぶ

世の人の常のごとくにうつそみも病むときは病む老いさらぼひて

真夜中の折々耳にひびく音春の疾風が空わたるらし

窓は春の青空にして日もすがら雲ひとつ鳥ひとつ過（よ）ぎることなし

春鳥らゆたかなる野に芽を虫をもとめをるべし命継がむため

雲低く流れ寄りゆく残雪の山の上の空今日はうるほふ

桜島火を噴くさまを恋ほしかるもののごとくにテレビに見をり

桜島の秋の一夜の宿りすら今は幻の如き思ひす

この国の人権意識の腑抜けさは何故ならむ嘆かざらめや

こもり居に動く空気を厭ひましきわれ老いて病みて同じ思ひす

遅ざくら花の心のわりなしとうつつにわれの
知らむ術なし

犬もわれも老いて歩まずかの山の堅香子の花
をなつかしむとも

空は青し体調はよし老犬よしばらく庭に春を
惜しまむ

病ひやや快ければ友の誘ふまま春日を浴びむ
鰻を食はむ

病み臥して芽吹きも花も窓に見し丘の桜の葉
陰すがすがし

三月のなかばより病み今日父の忌日山には藤
の花も咲かむを

鉢植のハイビスカスにこの春は花一つ咲けり
何年ぶりか

命ありて見たりこぶしの苞割れて開かむとする花のかがやき

外出を許されてけふ葉桜の下ゆくにすぐ足がふらつく

もはら臥すのみに日月の過ぐるはやし庭の水木の咲きて散りたる

サイクロンに地震に苦しむ人らいかにチベットの乱に重ねて思ふ

バターの入荷今日もなければ室戸沖の深層水を買ふ遊びにも似て

わが留守の長引きて来ずなりし猫どこの誰方に餌をねだりゐむ

気難しき黒猫サブよ餌をねだるときには少し人なつこくしろよ

ほとんどの棚田棄てられ草蓬々健診せむとのぼりゆく峡は

晩春の光灑ぎてみどり深し峡は棚田の跡をとどめて

老二人食ふだけは田植したりしがそれすら今年限りと聞けり

最下段の棚田数枚道沿ひの早苗田となりわれを慰さむ

報道は地震一辺倒となりチベットの争乱のそ
の後知るよしもなし

チベットに地震の被害ありやなしやそれすら
も一切知らさるるなし

チベットの弾圧は厳しと伝へたり地震（なゐ）よりひ
と月過ぎて短く

ポタラ宮を背に華やかに通る聖火見せぬもの
は何見えざるは何

僧の逮捕寺の閉門はなほ続くやはりさうかと
思ひ悲しむ

石たたき跳びはね跳びはね雀らにまじりて遊
ぶわが医院の跡に

この心貧しからずや車にはもみぢマークを貼らねばならぬ

夢を欠く幼稚さゆゑの造語ならむ後期高齢者ももみぢマークも

世に人に忘れ去られてのちに死なむ呆気なく夏至の夜は明けゆく

チベットも四川地震もその後知らず時はうつろひ今日は梅雨明け

月四度の歌会のほかは一切の会をことわりてはや半年か

沖縄は米国領と竹島は韓国領といふほかはなし

朝刊とカツサンド手に始発を待つわれは癒えたり旅の心湧く　八月三日　千秋美術館

長々と昔話をしてしまひぬ君らがやさしければついついつい

老人の鼻もちならぬ昔話旅のたかぶりと許し下され

北上川紺色に澄み夏の盛り汝が弔ひの日をさながらに　　平成三年　川崎裕也君逝去

アメリカに炭坑節を広めたと留学を語り磊落なりき

蚕を飼ひてグリシダミンを研究し一途なりにきなかばにて過ぎぬ

学生とのコンパたのしと柔道部部長つとめき
柔道などせぬに

癌反応の試薬発見も間近しと喜びの手紙われ
に遺せり

角館の駅過ぐるとき学法寺の塩地を思ふ冬木
の塩地を

一度会ひて忘らえぬ石黒壮助さんわれを迎へ
てやさしかりにき　　昭和六十三年

大曲駅のスイッチバック珍しみはしやぎゐる
間に秋田の街見ゆ

秋田駅近辺のビルの増殖はおどろくばかり十
年の間に

友らありて今日はるばると来り見つ黒田清輝
また五姓田父子の絵

不折の画「男の裸体」は外反母趾と友は指差
すおおまさしく

雲霽れて秋田駒見ゆ車窓より見えなくなるま
で見守りてゐたり

藍色に秋田駒見ゆふたたびは遠く旅する無けむわが眼に

仙岩のトンネル近く山百合の花咲けり三つ四つ藪にまぎれて

今日ゆのち山百合の花に思はむか友らと今日の秋田への旅

爪切りも散髪も間遠になりしかど日月の早く
過ぐるこの頃

足の爪切らずひと月過ぎたりとなんのはづみ
か宵に気付きぬ

月一度切れば済むまで足の爪の伸び衰へぬ老
深まりぬ

朝霧の真白き窓を秋茜よぎりしのちは動くものを見ず

雪山となりてかがよふ置賜の山々うるはし今日は小春日

秋山の峡をまたぎて虹立てりけふの往診はその虹の下

三割は解雇されたる今月の工場巡視は心切なし

解雇されし工員らを思ふ稼動せぬ研磨機の前旋盤機の前

工作機の半ばは休み千坪の工場明るし窓の光澄みて

印刷製本機四台組立てを中断し青きシートに
覆はれゐたり

その仕事減りたる故と塗装工が部品の研磨手
伝ひてをり

騒音も粉塵も失せ工場の空気冷ゆ雪の故のみ
ならず

笠間日動美術館　万里庵

魯山人の茶室寂けし庭の柘榴割れむばかりに
実は熟れゐつつ

モネの絵をさながらに赤き橋もあり池の睡蓮
は花過ぎてゐつ

きのふ飯豊けふは朝日の峡に嘆く楢枯れはさ
らに春より酷く

母の立ち日十月十日年々のごとく円かに月は
のぼれり

この月に父の武運を祈りたる母し思ほゆ秋の
この月に

夭くして母は逝き父は常臥しの身をながらへ
きその齢も越しぬ

今月の受註半減といふ聞きて工場を後に雪の
野に来つ

不況無き医業ともしと言はれたり常識を欠く
医師多しとも

霜の朝をはやばやと起き散歩する老犬のその
心は知らず

いつの間にか雨降り過ぎて庭土も冬木の幹も
黒くぬれをり

思ひきり晴れわたりたる今日は冬至明日から
は吉事（よごと）のあらむ思ひす

いかにしてアサギマダラは千キロの海を越え
しや羽はぼろぼろ

千キロの海を渡りしアサギマダラ教へてよそ
の力のもとを

渡りといふ運命（さだめ）を蝶に与へしは神か悪魔かD
NAか

平成二十一年

百四首

漢字など読めずともよし言霊のこもる言葉も
てまつりごとせよ

画廊に観し画を一つ一つ思ひつつ銀座を歩む
心足らひて

直線的不整形の狭き銀座の空冬日和けふ限りなく青く

すがすがしき寒の朝明は老といへど足取り軽し我もわが犬も

最上川の川音を聴く思ひして街川沿ひに雪踏みてゆく

冬川のせせらぎの音高まりて寒さつのりぬま
だ暗まぬに

健診を終へしくつろぎもすぐ失せぬ昼近くな
ほ道は凍れり

川音はいついかな時も寂しきを最上川べに聴
きて生き来し

最上川の音は寂しく少年の心に沁みき老いて一入

最上川の流れふくらみ黒牛さへ押しながしにき我は畏れき

給料は失業給付金より少なけれど退職はなほ不安とぞ言ふ

工員ら苦境告ぐれど産業医のわれには何の知
恵もあるなし

工員らの慰めにもならぬ答してこの空しさは
遣らふ術なし

二十町の田を耕せど赤字といふアメリカの所
為とさらに続けて

受診者の問はず語りは農が滅ぶもはやこの冬
は出稼ぎもなく

ある夏は水死女体が川岸に浮かびゐき水は碧
く澄みゐき

茂吉忌の月に入りたり日出づるやみるみる霧
は天空に満つ

枝々に今朝の雪残りひもすがら庭の木立に鳥
ひとつ来ず

一様に二月の空のくもれれど白き蔵王はくき
やかに見ゆ

「葉隠」を十五のわれに誰が教へしアッツ島
守備隊玉砕のころ

忍恋を知りしより早し五十余年つひに思ひの
消ゆることなく

老の日々五陰盛苦も淡(あは)々と平穏なれどすこし
退屈

煩悩を冥土の土産にせむなどと思ふにあらず
いはば成行き

昼過ぎに寒さゆるびてわが庭の桜に四羽の鳩
とまりをり

老身のひたぶるに春待つみ心を六十年過ぎて
われ実感す

茂吉には茂吉の平三には平三の最上川あり尊
きかなや

雪の小鈴たつたひと茎萌えて咲けり四冬を越
えしその白き花

心経をいつか覚えて君は母の百ヶ日に唱ふと
どこほるなく

黒滝のみ寺の庭の雪やいかに昨日も今日も春
日うららに

緋の衣の和尚わが前に立ちましきわれは幼き
膝を正しき

五歳われの頭上にかざし般若経を徳禪和尚読
み下さりき

本堂をわれは駆けまはる童なりき和尚は庫裡
に微笑みてゐき

胡坐せる和尚に抱かれ何か食ひき庫裡に二人のしづかなる春

手作りのどぶろくを和尚注ぎくれき二十（はたち）になりし我をよろこびて

わが一生のもつとも古き追憶は向川寺の春袈裟の緋の色

向川寺にのぼりて亡きを偲ばむか早く春来よ
老いて病めれば

うらうらに春日照れれど寝たきりの老犬を置
きて歩む気にならず

よろよろとわが膝に来て息絶えぬなにか言ひ
たき眼をして汝は
四月一日　愛犬死す

亡きのちも共にあらむと汝が耳の金色の毛を
切りて収めぬ

喜びて日々汝が食ひし牛のレバーむなしく残
る今日の分二片

千切りしをいつもわが手からぢかに食ひし汝
が小さき口とはに閉ぢたり

十五年食ふ寝る遊ぶともにして心通ひきたのしかりにき

わが犬よ汝を天地も悼むらし四月二日朝雪真白なり

駆けめぐり跳びはね雪にあそぶ汝を今朝はまぼろしに見る他はなし

今朝の雪消残る庭に汝を拾ふ汝は一握りの骨
になりたり

犬の死に流す涙を老ゆゑといふ声聞けりさも
あらむされど

たかが犬の死と言ふ勿れその三日後わが心不
全再発したり

空青く輝く春の朝なれどあそぶ犬は亡くわれ
は病み臥す

たんぽぽの花原となり春は三たびめぐりきぬ
わが医院の跡に

この春もまた病み臥して丘の桜萌えて散るま
で窓に見て過ぎぬ

外光を浴ぶることなくこの春の過ぎむと市(いち)に
桜桃あらはれぬ

かの山にともに遊びし犬は亡し堅香子は今咲
きてゐむものを

思ひ切り汗をかきかきひと月を臥して此度も
命拾ひぬ

明日からは健診業務に戻らむか石楠花は飾る
紫の花

わが父の命日にしてわが犬の七七日けふ晴れ
わたる春

素直なり日本国民「マスクせよ」即ち白く顔
なき群衆

人類とウイルスの長き関はりを知るや知らず
や検疫ものものし

ウイルスを防ぐと次々打つ策はまるで素人の
思ひつくまま

病癒ゆと互ひに喜びあひにしを幾日も経たず
君は亡きかも

六月二日　時田文子さん

あたたかきうちに食べよと朝早く餡餅を手に
にこやかなりき

胸を張り正義を叫ぶその様は戦前にも見きい
かがはしかりき

夏至けふも炬燵に入り哲学は衰へたりと慨き
つつをり

喉を開き声を発して犬は我と会話しき凡そ通じ合ひにき

十五年食ふ寝る遊ぶともにして我にとりては犬にあらずき

閻魔様に勝手に来るなと無差別に人殺す婆婆に追ひ返されぬ

一目見て五十年あまり阿修羅に思ひ寄せきぬ
恋する如く

阿修羅をもう一度見たしと思へども思ふのみ
にして病みこもりゐる

ナラ枯れはすでに目立たず山峡の茂れる青葉
つややかにして

さびしくも老人すらまた減少せり飯豊登山口
の限界集落

野の緑木々の緑のとりどりに散居集落の夏は
深みぬ

健診の帰るさ道の駅に餅を買ふなぜか一日を
終へし気がして

盆過ぎてやうやく棚田に穂の立つと聞きて安らぐ健診しつつ

百日紅の花に近江の蓮華寺のかの日思へば誰も彼も過ぎぬ

しきり散る槐の花の中に立つ老に今更憂ひあらむや

庭一面槐の花の散り敷きて淡黄色に流るる夕かげ

鷗外は知る由もなく今の医は知れど思ひ付かぬ脚気衝心

紫の石楠花の花返り咲き夏は低温多雨のまま過ぐ

千葉沖に台風すすみわが庭の花過ぎし槐騒立ちやまず

民主党の勝を喜ぶにはあらず自民党の負をわれは喜ぶ

をかしをかしわが百日紅は自民党か九月一日花の朱褪せぬ

かの空は蔵王の上か入道雲は秋の光に白くかがやく

玉虫厨子捨身飼虎図が心よぎり夜半に数ふるわが不整脈

僻地校の子ら十数人がけふの午後棚田一枚の田植をしをり

人と車絶えず行き交ふ裏小路は見れども飽かず秋の小半日

くもりつつ置賜盆地朝明けて刈田の上の靄は動かず

み墓べに採りし実生のあらあらぎの四十年の茂りうつくし

くれなゐの桜紅葉をまぼろしに庭に下り立つ
この秋の日々

夏の間に葉を落したる老木の桜に十月の雨降
り注ぐ

逝く秋の照る日風の日それぞれに桜紅葉がま
ぼろしに見ゆ

くれなゐの桜紅葉を愛しみをしみ過ぐしし秋
の幾十ならむ

「芝浜」を話し終へてすぐ円楽は引退を覚悟
しき切なかりにき

文化とは無辺際にしてこの後は落語も尊き芸
とならむか

立ち止まり立ち止まり息をととのふる鰻食は
むと歩む二町に

「天地人」の三文字の幟立ちならぶ街は木枯
しの夕べとなりぬ

霜白き三朝四朝に心惜し紫式部の実は色褪せ
ぬ

連れだちし犬が亡くなり日に二度の散歩する
なく冬をむかふる

息切れをしづめしづめて過ぐす日々ともあれ
われは老をたのしまむ

雪近き今朝は朝床をたのしみぬ尿意にあらが
ひうつらうつらと

霜白き庭にするどく朝鳥の澄める声してその影を見ず

雪にならむくもりは低く郊外の山すら見えぬ今日の一日

雪降れば降るたび思ふ時じくの雪の朝明（あさけ）を過ぎにし汝を

かにかくに今年最後の診療日はや雪深き峡に
入りゆく

風邪引くな雪に転ぶなとみなに言ひ今年の僻
地診療を終ふ

一人亡く九人になりし歌会のけふはやく帰り
て部屋暖めむ

平成二十二年

百三首

猛々しく吹雪くといへど元旦を外に出ぬなどありたりやなし

いつも傍に居りし犬亡く年明けて雑煮一椀鶏肉三切れ

「ワンちやんとお昼ですか」と牛の肉一五〇
グラム包み下さる

「ワンちゃんは死んだよ」と応へ雪道をゆつ
くり帰る肉の包提げて

政治家のマスコミのさらに検察の胡散くささ
が日々つのりゆく

十万余地震に死すと聞きて思ふ大空襲と原爆
二発

様々な死を見聞きする日々にして殊にあはれ
なり幼児の虐待死

目に耳に飽くや飽くやと四億の金を報ぜり
日々を日すがら

背の老が目立たぬ様に後ろ身の仕立て直しを
すすめられたり

病みあがりの茂吉先生をまざまざと金山画伯
描きとどめたり

いたはられ助けられきて雪深き谷の湯を浴む
四十年ぶりに　銀山温泉

雪谷の大き滝見つつ蕎麦を食ふそばは昔の味
にはあらねど

この谷に河鹿鳴く夏また来たし少年の日のよ
みがへるべく

長しとも短しとも思ふ三十年短歌を縁に交は
りてこし

齋藤教子著『江戸小紋』序歌三首

にこやかに心やさしき人柄のこもれるみ歌六百あまり

常若にすこやかにあれな百五十年の老舗を守る家刀自として

父ののち二十八年つとめしを新聞歌壇閉づ不況すすみて

雪消えし田にゐる数羽の白鳥も明日か明後日は北に帰らむ

春の夜の嵐の音も三月のなかばはなにかやさしく聞こゆ

三月の西風が運ぶ辺縁の白くかがやく雲の団団

背もたれに座布団を積み起坐呼吸すリクライニングベッドのつもり

四時間の安き眠りをもたらしぬ酸素吸入一リットルが

心不全に酸素吸入が不可欠とわれの五体は思ひ知らされぬ

十六夜の月もおぼろにこまかなる雪降り出でぬ三月の昼

吸入用酸素の携帯も週二度の健診業務も命生きむため

早く帰り横になりたし爪先まで血がめぐり汗ばむほどあたたかに

この冬も心不全を病みもはら臥す外の寒さを
窓より見つつ

をとつひの時ならぬ雪消えしかど草青き庭に
立つわれならず

心不全を繰り返し四月過ぎむとすいささか我
も臆病になりて

草茫々の医院の跡に踏み入りて見つけたり翁草の花の一株

丘の上の千本桜を窓に見てこの春もまた我は病み臥す

思ひがけず友に誘はれ支へられ千本桜の花の下歩む

頸と背をショールに被ひ花にあそぶ友の情に
三年ぶりに

太閤の醍醐の花見の心よりゆたかと思ふ今日
のわが心

照れれども西風さむき山の上咲き満てる花の
いまだ散るなく

宇宙人と茶化して済ます事ならず無表情なそ
の眼（まなこ）は無気味

四十年ともに作歌に励みにきしとやかなりき
同い年なりき

寝たきりと老惚くと聞き晩年の数年は問はず
心残りなり

山々に藤咲く頃の亡き数に入りましぬ三浦瑞子さん噫

果すべきを果ししのちの美しさ「はやぶさ」は今燃えつきてゆく

ものものしく唱へし国家戦略のその標札は残りゐるらし

ししうどの咲く峡をゆく幾たびか伴ひて今は亡きを心に

くもれれど山もダム湖も六月の光に満ちて諸鳥の啼く

少年にかへり論語を拾ひ読みこの身養ふ山は晩春

論語手に思ふ孔子は七十を越えて幾年永らへたりし

山上の湖わたる六月の風こころよししばし眠らむ

ダム湖の谷川口の砂洲白く水際に川鵜四羽立つ見ゆ

この国の行末いかに案の定民主党大きく敗れ
たりしが

宰相と言ふにはおよそ軽々しく遠計も持たず
この度もまた

民主党の負けを見届け朝早く健診に向ふ飯豊
登山口まで

みんみん蟬庭に生れて鳴きはじむ八月二日夜
十時ごろ

萱草もあぢさゐの花もあつけなく過ぎてうら
さびし今日も真夏日

六畳をわれの世界と夏を過ぐすエアコンとテ
レビつけつ放しに

この国の行方嘆きて何になるわれに残る命いくばくも無く

週一度通ふ峡路に合歓の花咲けるを見れば心和みぬ

立秋を過ぎて幾日か夜の庭の虫が音しげくなりしと思ふ

白々と夏水仙の花を照らす月はまどかに影すずやかに

さるすべり紅白ともに咲き出でて思ひは遠し
近江蓮華寺

母を思ふ詫びつつ思ふ恥多きわれの一生を詫びつつ思ふ

この夏に猛暑日といふ新語生れ盆過ぎてなほ
暑き日続く

「認知症」「熱中症」より「猛暑日」は率直
にてよし味気なけれど

ああ今日は六十五年前茂吉先生にはじめて会
ひし日

入道雲いくつも高く立ち並び気温は今日も三十五度越す

ジギタリス中毒をみづから制御して暑きこの夏を凌ぎつつゐる

さるすべり花のくれなゐ褪するまで日々暑くして八月過ぎむとす

八十三になりししるしと山にあそび暑さしのぎの時過さむか

深山観音　十四首

思ひ立ち深山（みやま）観音に詣でむと先づはととのふ薬と水を

遠き記憶たどりつつきて道に迷ふコスモスの咲く里山の道

石組みも石も不揃ひな石の段杉の木暗れに真
直ぐ高く

息が切れ四五段ごとに休み休み登りゆく老の
足をひきずり

のぼり得たり六百年の石段をのぼり得たり心（しん）
の病ひを押して

茅屋根は丸味を帯びて厚き御堂そこだけぽっかりと夏空の下

里山の杉森ふかく丈六のみ仏います室町の世より

阿弥陀堂形式のやさしき小堂に千手観音鎮まり給ふ

ひそかなる老の祈りを叶へかし振る鈴の音は
杜にひびかふ

杜に吹く風心地よし息(やす)まむよ御堂の縁に身を
横たへて

石段を下るに息は切れねどもあぶなあぶな老
の足はぷらぷら

みちのおく階上（はしかみ）岳の蕎麦といふ思ひもかけず昼をたのしむ

左して右して道はコスモスの花が荘厳（しやうごん）すみ仏の里

民主党代表決まり嵐過ぎ今宵にはかに涼しくなりぬ

日本は十六歳と言はれしが更にをさなくなりしに非ずや

敗戦後の茂吉のごとくこの国の行末憂ふ憂ひて何せむに

目に耳に残る茂吉を話し終へ疲れたり水を口に含みぬ

九月二十四日　講演　十二首

茂吉先生「医の陰徳」と二度ばかり呟きし日を我は忘れず

九月末やうやう秋づく夕空に蔵王山並見えわたりたり

心足りて帰り来りぬ西空に三日月低く光増すころ

宛名にはSchigeyoschi Saitoとある十六通夫人
の心をおもふしきりに

茂吉宛の夫人の手紙世に出でぬ八十八年の時
を隔てて

二度の火にも逢はず遺りし十六通茂吉がつね
に携へしゆゑか

聴禽書屋の解かぬ荷の中にありしならむ夫人
の手紙十六通あはれ

大正五年昭和十五年シゲヨシとみづから名乗
る文献見つけたり

シゲヨシかモキチかそれすら明らかにするこ
ともなく講演したり

言ひ過ぎも言ひ足らざるもなひまぜに講演を
終へ安らぐにもあらず

日の沈むときに東の横雲は夕映えしたりたち
まち褪せぬ

しぐれ過ぎ色あざやかに虹立てり文殊の山の
上に二重に

左下肢に一過性麻痺おこるなど老はさりげなく進むたしかに

斉明帝つぎて大田皇女のみ墓見つかりぬ紀のしるすままに

今朝の記事に心は痛む万葉の尊き女人三たりの墓の

いつ誰がその陵を荒らししや幸うすかりし大田皇女

その御子ら二人の悲しき歌を知らず大田皇女夭くして亡し

万葉の御代を身近におぼえつつ心ゆたけし冬の一日

汝が在らば汝をともなひて遊びけむ青くすがしく晴るる冬の空

政権を維持するためにためらはず友を敵とも犠牲ともして

平成二十三年

百一首

昭和二年丁卯に生まれ八度目の卯年迎へたり
雪に怯えつつ

外に一歩踏み出すやいなや転びたり思ひ知り
たり足の衰へを

久々に朝日の差せば雪の上に立ちて仰がむと思ひたりしを

顔の怪我は海老蔵ほどではないにせよなんとも忌々し正月早々

人間国宝言ひ放ちたりソンナコタア知ッタコッチャ無(ネ)エ現在(イマ)ガアルダケ

おだやかに冬の午後過ぎ西空に明るく黄なる
光増しゆく

風花の散りやまぬ空に一月の満月のぼる二重（ふたへ）
になりて

痩せに痩せ老いさらぼふと嘆かへど告げたき
人のわれにあらなくに

わが死なば焼いて粉にして川に流せ墓など要らぬ弔ふなかれ

光すら凍つると思ふきさらぎの月の押し照るこの四夜五夜

昼も夜も晴れわたるこの幾日か庭杉の上の雪は消えたり

茂吉忌は三日ののちかこの冬の雪も寒さも常
ならざりき

来む春は母の五十回忌われら子ら七人誰も欠
くることなく

臥処より出でて過ぐすは日に四時間大方生き
の営みのため

なにもかも軽薄な世になりたりとパンダ輸送
のニュース見てをり

雪の上にこまかき雨の降りつぎて茂吉忌けふ
の朝が明けゆく

七人の同胞集ふ母の忌までわが命あれなはや
く春来よ

茂吉忌の墓参も出来ず庭の雪に雨は降り沁む限りなきごとく

花水木花過ぎ方の紅淡し今日一日の空のくもりに

翁草花のなかばは白髪（しらが）となり今日吹く風はすこし冷たし

巨き船を吊りあげ海に戻したり津波の跡が一つ片附く

小賢しさ小狡さをみせつづまりは不信任案否決せしめぬ

ホダッパは葉の開きたる蕨を言ふむかし穂立(ほだち)葉(ば)といひゐしならむ

ホダッパは摘み捨つるべしあたらしく蕨萌ゆ
るを促さむため

平家所領の銅山として栄えたる名残りかも知
れぬ穂立葉の語は

みちのくの小滝の村は遠き世の京のみやびを
伝ふかすかに

敗戦まで千年銅を掘りし山の水には今も魚の
棲むなし

老の身を養ふときて晩春の峡の奥に聞く山ほ
ととぎす

逝春の峡深くきてこころよし老いし耳には山
ほととぎす

谷川のほとり夜叉五倍子(やしゃぶし)の花の下炬燵に横たふのびのびとして

夜叉五倍子の花に散りかかる紫は藤の花びらか谷風吹きて

置賜の野を囲む山それぞれに雲の湧きたつ夏に入りたり

台風は東に逸れて心安し今夜暑からず寒から
ずして

原発の事故処理成功をよどみなく告ぐるした
り顔まるで詐欺師だ

この若き大臣にいつも我は思ふ何ゆゑならむ
「巧言令色」

わが庭にあぢさゐが咲き萱草咲き宮内熊野の
祭り間近し

天井より吊るペンライト揺れやまず強弱大小
は余震のままに　三月十一日　東日本震災

暗闇の部屋に出で入る目印に吊るすペンライ
ト馴れれば明るし

ペットボトルを湯湯婆（ゆたんぽ）にして足元に置きて眠らむ着のみ着のまま

ガスコンロと水のあるのを幸ひに寒さに耐ふるのみに済みたり

わが若き日を思はむか言絶えぬ陸前高田の町滅びたり

老いて病むわれの支援は入浴を三日に一度に
減らす位か

水が土が本然の姿に還るはいつ今更人智を恨
まざれども

かつがつに生きながらへて千年に一度の震災
を日々に嘆かふ

この冬の雪も寒さも常ならず雪の小鈴は萌ゆることなし

幾春かわがたのしみし雪の小鈴たまたま震災のこの春絶えぬ

福寿草むらがりて咲くかたはらに津波が奪ひし命を思ふ

開ききり危ふげに揺らぐこぶしの花今朝の冷たき風に散るなし

津波より逃れし人らいかにあらむ雪の散らつくけふの朝明（あさけ）は

太き枝雪に折れしがかにかくに庭の桜の芽はふくらみぬ

第七集『つるばみ』を手に思ひ尽きず四十年の月日よ人らよ　『つるばみ』第七集序歌

千年に一度の震災そのなかに成りし歌集はおろそかならず

山上の湖のひと日を忘れめや享けし情はあたたかかりき

橡の染衣着て明日香びとはたらきにけむ直くひたぶるに

雪折れして小さくなりし庭桜花は二三日咲きて散りたり

葉桜の木のもとに来て思ふらくその花のとき短かりしを

わが同胞（はらから）集へばいつも話し合ふ茂吉先生を金山画伯を

五十年はや過ぎつると思はむか母の命は短かりにき

強ひられて色紙一枚書きし悔一夜明けても残りゐる胸に

夜もすがら鳴きゐし蟬か亡骸を拾ひぬ八月十五日今朝も

帰りきて息切れしつつ階をのぼり思無邪（しむじゃ）思無邪と唱へてゐたり

細胞の再生延命を左右するサーチュイン遺伝子発見されたり

カダフィも今はあやふしと言ふ時に金正日は
ロシヤに旅立つ

何ありて金独裁は永らふる思ひ嘆きて夏の夜
明けぬ

わが庭の白さるすべり咲きしかど出でて見る
にもあらず臥しゐる

雨嵐過ぎてにはかに気温下がり足裏の知覚鈍
くなりゐつ

足が重いとに角重い老の脛は骨と皮のみに痩
せ細りたり

木の下に断食修行の釈迦かこれは鏡のなかの
わがあばら骨

妹に死は迫りきぬ嫁ぎゆきて五十年ただに苦
しみし果に

色白な頬ふくよかに妹は少女にかへり生（よ）を終
ふるらし

医としての五十五年に幾つかの悔ありて涙を
流すときあり

寝る起きる気随気儘な日々を得たり八十四に
なりてやうやく

何一つ助け得ざりしこの兄を許せと今更言ひ
て詮なし

幼顔にかへり妹は安らかに息引きとりぬとわ
れを慰む

医師として五十五年間守りきぬ匂ひ強きは食
べぬ掟を

匂ふもの食ふべからずと教へしは教授か助教
授か思ひ出だせず

五十五年まもりし掟を今夜捨てて焼肉のたれ
に大蒜たつぷり

嗅覚も味覚も老いて衰へて大蒜すらもおもむきのなし

時間から解き放たれし日々にして阿岐夫万歳自由万歳

秋と思ふ雲が東に流るるを見てゐるのみに午後のすぎゆく

夏水仙過ぎし庭に待つ彼岸花十月半ばいまだ
咲くなし

彼岸花十月末に二つ咲きその茎の丈一尺足ら
ず

どなた様に従いてきたのか蠅ひとつ居間をと
びめぐる冬日さす居間を

蠅打つと身構へて冬日の午後は過ぐ五度か六度か打ち損じして

蠅の寄るを蠅叩き手に待ちゐつつ心は遊ぶ二十歳（はたち）のころに

蚤捕ると指を舐め舐め構へしがおよそしくじりし茂吉思ほゆ

蚊帳の中の蚊の逃げ口ともう一つ穴を開けた
る人のありけり

匂ひ伝ふる電波機器あらばその名如何学生答
へき名はテレクサイ

蠅ひとつつひに仕留めぬ草の庭に注ぐ冬日は
すでに夕づく

外界と我との今日の関はりはまつはる蠅を殺したるのみ

金正日の死を論ふ声々を聞きをりわれは悼むともなく

ローストチキン一羽丸ごと届きたりクリスマスイブにと書き添へられて

ローストチキンの礼に今年も書き足しぬ今夜
食べるよ信なきわれはと

この二月(ふたつき)ほぼ寝たきりと告げやらむ七十年来
の友嘆かむを

小半日変らぬ窓の冬曇り心はあそぶ二十歳(はたち)の
ころに

師走なかば空晴れわたり神々し蔵王の山の白きかがやき

茂吉像を後にしてすぐ予感ひとつ心よぎれど振りかへるなし

医業とは縁を断ちたるこの年の逝かむとし心安らかならず

雪と風に暴れし冬至の一夜なりき九時過ぎ起
きて牛乳を飲む

側臥位の二十分ほど苦にならず心不全やや軽
くなりしか

友二人相次ぎて亡く一夜明け大晦日けふ思ひ
切なし

平成二十四年

四十三首

たしかなるものの如くに予感もち新しき年を
迎へむとする

元旦の凍つる空気を吸ひしとき心はづみぬ微
かなれども

消雪用パイプ凍りてせむ術なし今年はさらに
気力衰へて
元旦に消雪パイプ氷りたれば幾日かあきらめ
て天を恃まむ
新しき年を迎ふるよろこびのありと言へども
荷葉の上の露

庭に下り吹雪のなかに立ちてみたしと今朝は
思へりしかし思ふのみ

シラス鰻十倍に値はあがれりと悲しき事を今
日は聞きたり

茂吉忌のこの月雪と真冬日に外には出でず鰻
食ひたし

作歌なき最晩年は茂吉先生いかなる日々を過ぐし給ひし

一輪の黄なる水仙を差し出して春は近しとわれを慰む

一家族三人餓ゑて死せりとふさらに一言猫も餓死すと

胸を去らぬ予感の奥にひそみゐるその必然を
われはさびしむ

昭和二十二年茂吉はアララギを手に嘆かひき
砂噛むごとしと

啓蟄けふ寒さゆるびぬ老われはこの偶然がう
れしくてならぬ

明治四十年三月六日啓蟄に母は生まれき五十
五にて死せり

われみづから己が最期を見届けて死なむと思
ふ惚けてなどをれぬ

御不例はさながら五年前のわれか生きて今在
り寝たきりながら

暖かさをわが覚えねど庭の雪日々に消えゆく
四月なかばは

庭桜の根方にぽつぽつ白きものああ蕗の薹か
今朝も数増ゆ

わが医院の跡に六度目の春来り日の差す今日
は野の匂ひせり

庭隅の翁草二株すでに芽の萌え立ちゐむにこの足萎えあはれ

朱鷺の仔が三羽自然のまま生れ育ちゐるといふほほゑましうれし

こころよく今朝目覚めしが一時間机上を片附けて疲れ果てたり

わが医院の跡に残りし一本の山桜咲けりさびしとも見ゆ

繭ごもる蚕のごとく在りふれば日々是好日きらめく葉桜

日食はすすみつつあり枕べの東の窓をひさびさに開(あ)けぬ

若葉光るこの朝明けに息を吸ふすがしさが肺
に充ち満つるまで

日食をほんの二三分目守りしがベッドに戻る
窓をとざして

晩春の光のなかに思ひきり朝の空気を吸ひし
よろこび

葉桜のみどりあざやかに濃くなりて六月なか
ば梅雨に入りたり

翁草綿毛となりて飛ぶが見ゆ水気の多き風吹
くままに

偶然とはかくの如きか翁草は絶滅危惧種とテ
レビ伝ふる

台風は東に逸れてこの町の桜桃は無事雨にも風にも

台風の余波か夜更けに二度ばかり風鳴りとよむ北の遠くに

病むゆゑか気候の異常か夏至の夜を暑いのか寒いのか判らずにゐる

わが身にはいつそ汗ばむ程がよし夏至の夜半
に暖房つけぬ

一年の最短の夜に暖房つけ朝を待つなぜか眠
られなくて

広辞苑につまづき小趾傷(いた)めしよりふた月か梅
雨はまだまだ続く

萱草の花すぎ末枯れしかたはらにあぢさゐ咲
けり梅雨明け近く

庭杉の蔭の小さき谷うつぎこの春花をわれは
見過ぐしぬ

松阪牛ステーキ四枚東京からタクシーにてき
ぬ老いしわが為

オリンピック一色となり政争もいぢめも忘れられはしないか

パンダの仔の誕生も死も国挙げて同じ思ひをするらしく見ゆ

あとがき

本集は「黄の光」「路地の坂」「従ひし道」「川の辺」に次ぐ第五集であり、平成十九年以後現在に至るまでの作品五六二首を収めたもので、恐らく私の最後の歌集になるであろう。

平成十八年秋体調を崩し、医院を廃業したが、平成二十三年秋には心肺機能の低下と、全身の筋萎縮の状況はすでに限界に達しており、ほぼ寝たきりの日常になった。

題名の「是非に及ばず」は、織田信長が本能寺の変で洩らした一句と言われているが、たしかに思いのこもった句で、人間性に富み、高い文学性が感じられ、私の八十五年の人生の中では、最も私の心の琴線に響いた句の一つである。私の儚い作品群の名には勿体ない限りだがお許し頂きたい。

本書の出版に当っては、牧野房、小浜靖子、泉多恵子、小山田扶二子の諸氏ならびに宮内アララギ会とつるばみ短歌会の皆さんに大変お世話になりました。厚く御礼申上げます。

また出版の現業は一切今泉洋子さんに面倒を見て頂きました。本当に有難うございました。

平成二十四年九月六日　八十五歳記

金子阿岐夫

歌集 是非に及ばず

平成24年9月25日　発行

著　者　金子阿岐夫
〒999-2221 山形県南陽市椚塚1848-2
発行人　道　具　武　志
印　刷　㈱キャップス
発行所　現代短歌社
〒113-0033 東京都文京区本郷1-35-26
振替口座　00160-5-290969
電　話　03(5804)7100

定価2500円(本体2381円+税)
ISBN978-4-906846-16-0 C0092 ¥2381E